詩集

泣いて笑って幼子よ

森川芳州
Morikawa Yoshikuni

詩集　泣いて笑って幼子よ　＊目次

I

娘・アーチャン

Ⅱ　息子・トックン

Ⅲ　私・ヨシクニ

詩集　泣いて笑って幼子よ

Ⅰ　娘・アーチャン

お前は生まれた

「痛い痛い
もう産みたくない」
泣き出した妻
私はいたたまれぬ思いで
病院から外に出た
可愛いネグリジェでも買ってこようと
夜遅く
開いている店は少ない
ようやく買って
病院に戻った

「痛い痛い」
と泣き叫ぶということで

妻は
もう
病室から分娩室へ移されていた
後ろ髪を引かれる思いで
看護婦さんにネグリジェを渡し
私は病院を後にした

翌日
「おめでとう
女のお子さんです」
病院から電話が入った
痛ましいほどの
切ない涙の中から
お前は生まれた

星の滴が降る
夏の晩であった

愛の重荷

お前は生まれた
病院の新生児室で
硝子越しに初めての対面

「とても元気な
お子さんですよ」
他の赤ちゃんたちと一緒に
ベッドの上で
お前は
ただ
大きな声で泣きじゃくっていた
頬を真っ赤にして
小さな手を盛んに動かしながら

ひかりある未来を
輝く瞳を
素直に
健やかに

私は
お前のために
何をしてあげられるのだろうか

嬉しくて
嬉しくて
込み上げる涙の中で
ああ
手を伸ばして抱き上げるには
余りにも大きな
愛の重荷よ

シーツ

お前は生まれた
一心に
期待を集めながら

真っ白なシーツの上で
ただ
泣きじゃくる

お前には
まだ名前が無い
けれど
お前の人生は既に始まっている

風が
お前の頬を撫でる
花の香りが
辺りに満ちる

虚空をかいさぐりながら
瞳を凝らしながら
まだ
虹色の世界を這いずり回っているが

時に泣いて
そして笑って
お前は羽ばたかなければならない

何時までも
手を
差し伸べてあげたいと思うのだが

可笑しくて

子供は
一年も経つと歩き出す
最初は危なっかしい足取りだが
歩くのが楽しいのか
絶えず歩こうとするので
驚くほど早く
早足で歩き回るようになる

娘は外が大好きで
靴を履かせてやると
喜んで
庭中を歩き回る

竿に敷布が干してあると
イナイ・イナイ・バァーを始める

体と同じくらいの長さがある
ジョウロを引きずり回したり
ゴムホースを引っ張ったり

目を放すと
苺を抜いてしまったり
鉢の中の小石を
放り出してしまったり

何をされても
何故なのか
とても可笑しくて
駄目ですと言って
叱ることもできない

テレビ

一歳になった娘のために
カラーテレビを
買ってあげた
余り集中して見ていないが
動物が出る番組は
とても好きで
はしゃぎながら
見ている

まだ
何を言っているのか
分からないが
象やキリンを指差し

懸命になって
喋り出す
そんな時は
黙って聞いてあげる
適当な相槌をしてあげると
とても喜ぶ

玩具で
遊んでいる時は
テレビを消してしまうが
怒って
つけろと言う

テーブルの下から
隣の部屋から
予想もつかないところから
見ていたりする

二階

娘も生まれて一歳三ヶ月となった
二階が大好きです
二階に行きたいときは
「ポッポポッポ」と言う
二階の私の部屋で
『鳩ぽっぽ』のレコードを聴かせてあげたから

階段を登るのは危ないので
柵を作って
二階に上がれないようにしていたが
いつの間にか柵を外すことを覚えて
一人で階段を這い上がるようになってしまった

二階に滑り台やぶらんこを買って
置いてあげた
滑り台は
いつの間にか
上まで一人で登るようになってしまった
ぶらんこは
一回乗せてあげたら
もう降りたがらない

二階のベランダで
洗濯物を干すときは
歩み寄って来て
洗濯バサミで遊ぶ
いつも
することは決まっているのだが
傍らにいてあげるなら
飽きることなく遊び続ける

ママの声

私たち夫婦は共働き
職場から帰ると
子供たちを預かってくれている
渡辺のおばあちゃんの家に真っ先に行く
玄関を開けると
勢いよく娘が飛び出してくる
息子をベビーカーに乗せ
娘の手を引いて我が家に帰る
娘は尻を振り振り
つんのめりそうになりながら早足で歩く
早く家に帰りたいのです
渡辺のおばあちゃんが
一生懸命になって可愛がってくれるのに

ママが居る我が家がいいのです

日が沈むとパパが迎えに来る
ちゃんと娘は時間が分かっているのです
迎えに行くのが遅れると
さぁ大変
娘はおかんむり
渡辺のおばあちゃんは困ってしまいます

娘も一歳七ヶ月となり
よく歩くようになった
私の手を引っ張って
懸命に歩く
我が家の玄関の戸を開けて
ママの声が聞こえてくると
嬉しくて
嬉しくて

イイコちゃんのお手伝い

「イイコ、イイコ」
幼子は
ほめてやると
一生懸命になってお手伝いをする

食べ終わったご飯茶碗を
次から次へと
流し場に運びます
皿が触れ合い
ガチャンと音がすると
手を叩いて大喜び
「イイコ、イイコ」

幼子は
頭を撫でてやると
鼻に皺を寄せ
嬉しそうな顔をして
お手伝いをする

紙屑を
ゴミ箱に投げに行きます
食べ終わった後は
テーブルを拭きます

幼子は
「有難うね」の一言で
何も教えなくても
何時の間にか覚えて
真似をして
一生懸命になってお手伝いをする

お姉ちゃんらしく

娘も二歳となった
すっかり
お姉ちゃんらしくなった
食べさせてもらうだけでなく
誰かに食べさせたくて

娘の差し出す煎餅を
口にくわえてやると
喜んで
何枚でも口に運んでくる

朝
紅茶を用意していると

「アーチャンやるの」と言って
娘が歩み寄って来る
紅茶のパックも
自分で箱から取り出す
糸が途中で切れてしまうと
放って
また
新しいものを欲しがる

砂糖も
零してしまうことが多いが
ティーカップに入れる
「スプーン頂戴
アーチャンかき回すの」
紅茶ができると
「パパ
これ飲んで」

ちいさな反抗

娘も二歳になった
用事を言いつけると
「ハーイ」
とても良い返事をするようになった

「アーチャン
これ洗濯籠に入れてきて」
「ハーイ、入れてきたよ」
「アーチャン
洗濯干すの手伝って」
「ハーイ」
一枚一枚
洗濯物を私に渡す

ママの言うことも
よく聞くようになった
「アーチャン
牛乳買ってきてね」
「ハーイ、パパと行ってくる」
「アーチャン
ご本片付けなさい」
「ハーイ」
とってもいい子なのだが

何かに夢中になっていた時だけは
ママが
「アーチャン
もうオモチャしまいなさい」
「ウッチャイ」
と口をとがらす

プレゼント

娘も二歳四ヶ月となった
子供たちの世話をしてくれている
渡辺のおばあちゃんが
娘に人形を
息子に犬の玩具を
プレゼントしてくれた

妻が
「これはトックンのだから
いじっちゃ駄目ですよ」
娘は
「ハーイ」と返事をする

その日
妻が
二人を一緒に風呂に入れたら
娘が
真っ先に飛び出してきて
裸のまま
犬の玩具と遊び始める
私が
「着替えないと駄目」と言っても
言うことを聞かずに
夢中になっていじくり回す

「トックンも出ようね」
妻が
風呂から出る気配を感じて
娘は慌てて
玩具から手を離した

おやすみなさい

娘も二歳半になった
妻が「おやすみなさい」と言っても
私が帰らない時は
娘は眠れないのだそうです

「もう寝なさい」
と妻がいくら言っても
怒った口調で
「パパもうじき帰ってくる」と言って
布団の中で
天井を睨んだり
ドアの方に顔を向けたり
落ち着いて眠れないのだそうです

「パパは何処に居るの」
「会社だよ」と妻が応えると
「何で帰って来ないの
随分長い会社だね」
「遅いから寝なさい」
と妻が強く言うと
「ダメッ
アーチャンは眠いのに
パパは眠たくないのかな」

「ただいま」
玄関を開けて部屋に入ると
「パパ帰ってきた」と言って
娘は飛びついてきて
私の胸に
顔をくっつけてくる

二人だけの公園

二歳半になった娘を私の実家に連れて行った
着いた途端に「アーチャン帰る」
家に入るのを渋った
家の中に入っても「おとなしい子ね」「可愛い子ね」
などと皆に言われてもむっつりしたまま
姉の子供たちに「遊ぼうよ」と言われても
私にしがみついたままだった

帰りに近くの公園でブランコに乗せてあげた
娘は黙ったまま乗り続けた
「もう降りようか」と聞いたら
頭をコクンと下げた
ベンチに座って二人でチョコボールを食べた

「オシッコは」
「する」
ようやく言葉が出た

娘が余りひとと馴染まなかったのは
私が構い過ぎたからなのだろう

結婚して新居を構え
母にこれといった言葉を掛けることもなく
私は実家を後にした
いつか娘も私の手の届かないところへと
飛び立って行くのであろう

二人だけの公園は落ち着くのか
「帰ろうか」と言っても帰るとは言わない
ベンチで座り続けた
冬の暖かな陽は陰ろうとしていたが

Ⅱ　息子・トックン

男の子

「男の子が生まれたよ」
妻から電話が入った
二人目の子は妻の両親や妹さんなど
妻の故郷の人たちに見守られながら
茨城県の鹿島で生まれた

私は仕事で長期間休めず
今か今かと待ち続けた
一人
横須賀で

病院の新生児室の前で
初めて硝子越しにお前を見た

お釈迦様の生まれ変わりなのかと思うほど
端麗な顔立ちをしていた
この世に出て来る意思が無かったのか
体が小さく
ミルクも余り飲まなかった
薄目を開けたり閉じたりしていた
小さな音さえも気になるのか
時たま
ピクッと目元を動かした

見守られていることを知ってか
小さな手で顔を隠す
そのまま目を閉じて眠ってしまった
赤子は顔を真っ赤にして
泣き続けるものだと思っていたが
新生児室の前から外へ出るまで
お前は起きなかった

風邪

生まれて四ヶ月が経った時
喉を痛めて
息子は眠りながらゼイゼイと
荒い息遣いをするようになった
ストーブの換気が悪かったのか
オシメの仕方が悪かったのか
子供にこんな思いをさせるのは
私のせいだと
注意の足りなさをつくづくと感じた

眠りながら泣き声に似た
甲高い声をたてた
悪い夢でも見たのか

喉が痛くて
なかなか眠れずに泣き続けた
いたたまれない思いになった

ミルクを飲む時も
苦しそうな息遣いを
妻が心配して
炬燵に連れて行き
膝の上に座らせた
妻の膝の上だとおとなしい

布団に寝かせないで
大丈夫なのか気にかかる
布団に寝かせた方がいいと
私が言う
炬燵でも大丈夫だと
妻は言い張る

小さな布団の上で

息子も生まれて六ヶ月経った
小さな布団の上
限られた領域の中で
懸命になって
ひかりを
求めようとする

目の前で
手を叩くだけで
大きな口を開けて喜ぶ
体を乗り出して
こちらに来ようとする
ジャラジャラとオシャブリを鳴らしてやると

笑みを浮かべ
とてもいい顔をする

泣いている時でも
メリーゴーランドを回してやると
いつの間にか泣き止んで
耳を澄まして聴いている
風の悪戯で
カーテンが大きく揺れると
そちらの方に顔を向け
ジッと見ている

歩きたくても歩けない
小さな布団の上
絶えず辺りを見回しながら
ひかりの輪の中に
入ろうとする

摑む

息子も生まれて七ヶ月が経ち
ニギニギが上手になり
何でも摑むようになった
蛍光灯の紐を思い切り引っ張り
パチッと電気が切れて
辺りは真っ暗
何が起こったのか
薄暗闇の中で顔を左右に振って

直ぐには離れないほどの強さで
私の指を摑むことも
私の指を摑みながら
私の思いを汲み取ってゆく

一人で哺乳瓶も
支えられるようになった
お皿に載った食べ物も
懸命に摑もうとする
摑めたなら嬉しそうな顔をして
口へと持ってゆく

ジャラジャラとオシャブリを鳴らしたり
一人で遊ぶことも覚えた
遊ぶことを覚えたトックンは
もう
寝ることは大嫌い
手に触れたものは
何でも摑みながら
絶えず辺りを
キョロキョロと

マンマの催促

生まれて八ヶ月が経った息子
もうジッとしていない
ちょっと傍らを離れると
直ぐに泣き出す
相手が欲しくてたまらないのです

ミルクを飲ませている間も
私の口に手を入れたり
メガネを引っ張ったり

鏡の前では
自分の顔と
いつまでもにらめっこ

この時だけはおとなしい

私がご飯を食べている時も
箸の動きを見守り続ける
仰向けになりながら

「ウーウー」
口を尖らせて身を乗り出してくることも
マンマの催促なのです
口に入れてあげると
いくらでも食べる
好き嫌いもなく

膝に抱き上げてやると
私のスプーンを取ろうと
必死になって
手を伸ばしてくる

いつまでも寝ずに

息子も一歳になった
寝かせても
直ぐに起きてしまう
妻と茶の間でテレビを見ていると
廊下を伝って
ドアの所まで這いずって来て
私たちの顔を確かめる

私たちの顔を見て
ニコッと
お目々はパッチリ

お姉ちゃんが寝ていると

髪を引っ張ったり
頭を叩いたり
顔をいじくられても笑っているが
そのうち娘も怒りだして
「トックン、ダメッ」

お姉ちゃんから引き離して
部屋の隅に寝かせようとするのだが
何回引き離しても
直ぐにお姉ちゃんの方に
這いずっていって

お外では
キッラキララと星々が
静かな夜は嫌だと戯れて
トックンも
いつまでも寝ずに

トックンも

娘は
もう
いっちょまえに
自分で何でもする

「アーチャン、ジュース」
と言って
冷蔵庫からジュースを取り出して
ひとりで飲み始める
一歳下の息子は
直ぐに反応して
「トックンも」

「アーチャン、ネンネ」
「トツクンも」
「アーチャン、オツカイ」
「トックンも」

まだ
一歳になったばかりの息子は
「トックンも」
と言っては
娘と同じことをしたがる

たまに
娘が
「トックンはいいの
アーチャンだけ」
と突き放す

缶ジュース

息子も一歳三ヶ月となった
歩き回るために
目も離せなくなった
一歳上の娘が缶ジュースを飲んでいたら
「トックンも」と言って欲しがる

零すので
妻がジュースを哺乳瓶に入れて渡したら
放ってしまった
泣きながら
娘の腕を引っ張って
「缶だよぉー」と
大きな声を上げる

缶ジュースを渡してあげたら
喜んで
口に当てて
飲み始める

零さないように
妻が傍らから
缶ジュースを支えてあげたら
また泣き声を上げて
妻の手を払う

上手に飲めず
零してしまっても
息子のトックンは
一人で飲まないと
気がすまないのです

知恵

息子も一歳四ヶ月になった

子供たちを迎えに行くと
預かってくれている渡辺のおばあちゃんは
真っ先に
「この子は
知恵が付くのが早いですよ
おじいちゃんに煙草を持っていったり
お皿を運んだり」
息子のことを
ほめちぎる

動きも

素早くなった
お姉ちゃんの玩具を
横っちょから
スッと
取る

娘が
怒って取り返そうとすると
ポーンと遠くに
放り投げる

娘が
拾いに行く隙に
息子は
また
別のお姉ちゃんの玩具を
取ってしまう

病院の待合室

息子も一歳七ヶ月となった
体調を崩し
病院に連れて行ったら
飽きてしまって
患者さんの顔を
ひとりひとり確かめるようにしながら
ふらふらと歩き回る

金魚鉢の前では
「トト」と言って台に上がり
金魚をいじくろうとする
「ダメッ」と叱ると
下唇を突き出して

今にも泣き出しそうに

床の上に転がったり
椅子の下に潜ったり
お気に入りの玩具を渡しても
わざと遠くに放ったり

病院のスリッパをつっかけて
遊ぼうとしたので
「トックン、コッチ」
手を引いて連れ戻したら
物凄い勢いで怒った

患者さんでいっぱいの
狭い病院の待合室
自由に遊び回る息子のトックンに
誰もが笑い顔に

お化け

幼子は
体を縮めて
怖がっても
お化けが大好きだ

幼かった頃
息子は
『日本昔ばなし』の絵本が大好きで
お化けの絵を
夢中になって見た

「お化け見る
お化け開けて

お化け開けてよぉー」
私の顔を見るなり
絵本を私の前に突き出した
つづらの中から飛び出すお化けたち
『舌切り雀』が
特にお気に入りだった

お化けたちは
夜になると
子供たちの夢に忍び込もうと
辺りを
うろつき回る

風の悪戯で
戸が閉まっても
幼子は
お化けの仕業だと

性格

私たち夫婦は共働き
近くの家に預けるために
まだ幼い子供たちも
早く起こさなければならない
息子は怒りをあらわにして
「なんで
うちだけ早く起きなければいけないの」
年長の娘は
何でもよく分かっていたのだろう
抑えて我慢をした

バスに乗り遅れないために
私は時間ばかり気にして

少しの余裕もなく
ただ
忙しなく動き回った

「こんな服
着るの嫌だ」
息子がわめきだす
構わずに
妻は服を着せてしまう
おかしなことを言って
気を逸らしながら

私の家族は
性格が違い過ぎる
だから
一日は何事もなく
回り続けたのであろう

突然の別れ

二〇二二年二月十七日の深夜
息子が突然倒れて救急車で病院に搬送
病院で医師の説明を聞いた
大動脈解離ということで
手術の施しようが無いと告げられた
四十七歳だった
救急医療室に横たわった時の顔は
今でも起きてきそうな
安らかな顔であった

コロナウイルスが騒がれ始めた二年前
熊本から我が家に帰り
妻と息子と三人で食卓を囲み

楽しい時間を過ごした
息子は両親へのコロナウイルス感染を恐れて
買い物も一人でしてくれた
亡くなった後
妻がトックン（息子）は
天使みたいな子だったねと言った

息子がいなくなった部屋は
冷え冷えとして
今にも凍えてしまいそうだ

墓参りの時
生前
息子が僕の分身だと言っていた鶺鴒が
姿を見せた

お前は身近にいるのか

Ⅲ　私・ヨシクニ

ただ甘えていた日々の歌が

乳飲み子よ
お前の瞳の中に
遥か昔の私がいる

純真なこころを
ずっと以前に
遠いところに置き忘れてきた私には
いたいけな赤子の一挙一動が
澄んだ響きとなって
私のこころを貫く

甘える
泣きわめく

疑いを持つこともなく
そんな場所に帰れるならば
帰りたいと思うのだが

辛すぎる
痛みは
感じてしまったなら
一歩も動けなくなる

薄暗い茶の間の奥の四畳半
破れ障子から射す微かな光
乳児期
来る日も来る日も
思い煩うこともなく
夢を見ていたのでは
その夢は
輝いていたことであろう

チンチン電車（横浜市営電車）

広島、長崎、高知
路面電車の走っている街を訪れると
故郷に帰ったような懐かしさを覚える

客が来ると押し入れに隠れた
幼かった頃は引っ込み思案で
外へ出かけることも余り無かったが
チンチン電車に乗るのは楽しみだった
内職の反物を届けるために
母に連れられて度々その電車に乗った
急な坂道を下りきると京浜急行の屏風ヶ浦駅
駅を通り越して暫く歩くと
海水浴場として賑わっていた海まで行けた

電車は海沿いを走っていた

車に追い越されるのも構わずにチンチンと音をたて
のろのろと街中を走るから
街のにぎわいが
そのまま肌に伝わり
こころに安らぎを与えてくれた
車内を駆け巡る子供たちの声
間延びしたお年寄りたちの会話
車窓から見える風景は
色とりどりの物語を連想させてくれた

父と一緒の時は子供が座るものでないと
いつも立たされたが
母と一緒の時は席が少しでも空いていると
「座りなさい」と必ず促された
窮屈で嫌だったが黙って座った

アイスキャンディー

早逝したゆきこ叔母さんの家は
海岸沿いを走っていた横浜市電（路面電車）の
屛風ヶ浦停留所から乗車し
滝頭停留所で下車した近くにあった
叔母さんには男の子が一人いた
一度ぶたれて泣かされたことがあった
その日は夏の暑い日で
陽光が照り返っていた

アイスキャンディー屋の呼び声が聞こえてきた
叔母さんが買ってくれた
顔をクシャクシャにして
しゃくりあげながら食べた

体の芯まで染み渡るほどおいしかった
私は母に付きっきりで
遊ぼうとしなかったので
男の子は癇癪を起こしたに違いなかった

母に手を引かれながら
あの場所に戻ってみたいと思う
叔母さんの家の玄関の前に立つ
引き戸を開ける
窓際にすだれ
そして風鈴の音

入学前の幼かった日
今は懐かしさだけが
人見知りが強くて
家には上がらずに
帰りたいと思ったあの日だが

ごっこ遊び

電車ごっこやお店屋さんごっこ
みんなで大きな木に登り
枝を揺らして電車ごっこを
木の実や花びらを並べてお店屋さんごっこを
お代は葉っぱや石ころで

凡々(ぼんぼん)と遊んでいたい
何も考えることなく

お医者さんごっこや先生ごっこ
目がぱっちりしてよく喋る
きみはお医者で
ぼく患者

頭が良くて活発で勉強好きな
きみは学校の先生で
ぼく生徒

いつまでも笑っていたい
幼き日に顔を向けて

大きな人形をおんぶして
きみは一日お母さん
使い古したネクタイ締めて
ぼくは一日お父さん

ごっこ遊びで日が暮れた
そんなむかしに帰れたら

遠くで
母の呼ぶ声が

幼い日の宝もの

いつも手や足にかすり傷を負っていた
竹鉄砲や糸巻き戦車などを作るため
絶えず小刀を持ち歩いていたから
傷はアカチンを塗っておけば直ぐに治った
お店で売っている高価な玩具など
買ってはもらえないと分かっていた

買い物を頼まれるのは嫌だったが引き受けた
雨の日でも
暗くなってからでも
ローメンコが欲しくてたまらなかったから
味噌や醬油などと一緒に
雑貨屋さんで売っていた

駄賃は僅かだったが買うことができた
ローメンコの図柄は
ミッキーマウスやブロンディ
当時はやっていた漫画の主人公たち
こんなものを買ってきてと
母は思っていたかもしれないが
私にとっては宝もの

いつの間にか
何処かに飛んでいってしまった
小さな
小さな宝もの

あの日の雑貨屋さんは
何処へ行ってしまったのか
ネット通販で買えるかもしれないが
あの日のものとは違うだろう

カタツムリ

カタツムリやバッタやコオロギ
何処へ行った
山々が切り崩され家々が建つごとに
故郷は遠のき
今では幼い頃の記憶の中でしか思いだせない

あっちの山はうさぎ山
こっちの山はトンネル山
蝉やカブトムシが飛び交う山の中を
虫取り網を片手に竹籠をぶら下げて
兄たちと駆けずり回った
「オーイ、オーイ」と母が
雲の彼方で呼んでいる

元気でいるかと呼んでいる

蛙の鳴き声も聞こえなくなった
トンボや蝶も見かけなくなった
山や小川が忘れられないと
遥か昔に帰ったか

蛍が飛び交う蚊帳の中で
姉や妹たちとはしゃぎ回る夢を見た
「ヨシクニ、ヨシクニ」と母が
大きな提灯をぶら下げて
闇夜の彼方で呼んでいる
ぐっすり寝たかと呼んでいる

ベランダでカマキリの幼虫を見かけた
おそらく
もう見ることも無くなるのだろう

蠟燭

ろうそくの頼りない
淡い光の中にこそ
労わりの言葉がある
いつ消えるか分からないから
母の手伝いをして
早く後片付けをしてしまおう

ろうそくの灯りは
ぼんやりとしか見えないから
何もかもが見え過ぎて
イライラすることも無い

ろうそくの炎は

辺りを包み込むようにして
ゆらゆらと燃えて暖かい
まるで母の温かな眼差し

私が幼かった頃は
まだ戦後　間もない頃で
部屋の灯りが消えることが多かった

暗くて手探りで動き回った
時の流れが遅く感じられた
会話も
ゆったりと聞こえた

暗闇の中で
赤く燃える炎
一抹の不安を払い除けてくれる
まるで母の力強い眼差し

妹

年の離れた妹が生まれなかったら
わがままに育ったかもしれない
幼かった頃は姉の後ろに付いて遊んだ
乳離れも遅かったと聞く

小学校の運動会で
入学一年前の児童による徒競走があった
ピストルが鳴り
ひとり遅れて走り出した
数人を抜くのがやっとだった
児童全員に風車が配られた
妹が生まれたのはこの年の二月で
母におぶさって見に来ていた

帰り道
妹に風車を渡したら
バラバラに壊されて捨てられてしまったが
可愛いとしか思えなかった

「余り構わないで」と母に言われたが
妹の傍らにいることが多かった
しつこいと思われたのか
思い切り強く
玩具を投げつけられたことがあった
顔に当たり痛かったが
泣くのを堪えた

子供好きになったのは
思いやる気持ちを
持つことができるようになったのは
妹がいてくれたから

大通り

「危ないから
車が行き交う大通りの方へは行ってはいけません」
幼子は
母親に言われた言葉を忠実に守り続ける

大通りでは
頬をすり寄せながらバスが行き交う
突然犬が飛び出したので
「キィー」
ダンプがブレーキをかける
その間を
痩せこけた猫が危なっかしくすり抜ける

遊び場を
鉄筋コンクリート群に占領された子供たちが
鬱憤をやたらに道路に放り投げる
「危ないぞ」
若い運転手が怒鳴り散らして走り去る

幼子が
母親に手を引かれ転びそうになりながら歩く
バイクが泥を撥ね付け行き過ぎる
緑服を着たおばさんが交通安全用の指導旗を振る
気忙しく人々が横断歩道を横切る
車もイライラ顔をしている

幼い頃は遠い昔だが
母は今も空の上で
砂埃が舞う変わりようのない道路を眺めながら
我が子の無事を祈り続けているのであろう

いつまでも

母は
いつまでも子供に思いを寄せる
楽しませたくて
声を掛けてくれるのだが

中学の時に
母に「観に行こうか」と
祭りの日の田舎芝居に誘われた
役者は大見得を切る
ご贔屓客が舞台に向かっておひねりを投げる
そんなことには関心も薄れたが観に行った
「大きな子がこんなところに来て
舞台がちっとも観えないよ」

後ろの座席のおばさんに嫌味を言われた

高校の時に
母に「行かないか」と
鶴岡八幡宮の節分祭に誘われた
豆が撒かれる度にひとの波が揺れる
当たり付きの福豆を求めて
そんなことには関心も薄れたが
行くことにした
母が時間を間違えて
豆撒きは終わっていた
引き潮のごとく帰るひと波
境内に着いた時には
ひとはまばら
鳩の群れだけが
何も喋らずに
八幡宮の参道を二人で歩いて帰った

ひかりびとたちよ

歳をとり
早足で歩くことができなくなった
酒も余り飲むことができなくなった
陽が眩しく感じられるようになり
ひとりで音楽を聴くことが多くなった
むかしのことが
懐かしく思いだされるようになった
一緒にキャンプに行ったね
一緒にカラオケを歌ったね

ひとには
それぞれの人生がある
賀状だけのやりとりになり

そして
訃報の知らせが

見守り続けてくれた母よ
こころ弾ませてくれた息子よ
あなたたちのことを思うと
涙が出てきて止まらない

ひとは
誰かの思いを受け継いで生かされ
そして
やがて一条の光となってゆくのであろう

ひかりびとたちよ
何処かで
また
会いたいね

子守歌

ねんねんころりよ　おころりよ
坊やは良い子だ　ねんねしな
ねんねんころりよ　おころりよ
坊やのお守りはどこへ行った
あの山越えて　里越えて
坊やの土産を買いに行った
里の土産は何もろた
デンデン太鼓に笙の笛
鳴るか鳴らぬか吹いてみよ
ねんねんころりよ　おころりよ

子守歌
こころ揺する調べが山々にこだまし

いたいけに叫ぶ
私はさかんに
母の面影を辿ろうとするのだが
浮かぶはずもない
私は余りにも遠くまで
歩いて来てしまった

思い煩うこともなく
ただ
揺り籠に揺られていた遠い日よ
そんな昔に帰れたら
「ヨシクニ、ヨシクニ」
母の呼ぶ声が
雲間から聞こえてくるのだが
帰れるはずもない
私は余りにも遠くまで
歩いて来てしまった

小石

幼子が
一生懸命になって
小石を投げる

その小石には
はっきりとした
目的が無いから

幼子は
まだ
これといった言葉を
持っていないから

その小石は
果てしなく転がってゆく
夕焼けの中に
地平線の彼方へ

幼子が
一生懸命になって
小石を投げる

思いっきり
遠くへと
小石を投げる

何時までも
何時までも
何時までも
小石を投げる

あとがき

学生の頃から、甥っ子など、幼子たちには「おじちゃん」と言われて慕われた。私のこころの中には幼い頃の感情が、そのまま残されているのかもしれない。幼子は素直だから、何処かで、それを感じているのであろう。

私の子供たちが一番手のかかった二歳前後の頃のことは、今でも鮮明に思いだすことができる。とても懐かしく、楽しい時間であった。辛いことがあっても頑張り通すことができたのは、子供たちがいてくれたお陰だ。母には世話をかける一方で、何もしてあげられなかった。思いだす度に、涙が溢れ出てくる。母もきっと、私が幼かった頃、私が子供たちに対して持った同じような感情を抱いたのかもしれない。幼子と触れ合っていると、とても気持ちが楽になり、癒やされる。絶えず、いろいろなことに興味を示し、世話をするのは大変だが、嫌なことを忘れ、前向きな気持ちにさせてくれる。年を取ると病気がちになり、気が落ち込むこともあるが、幼子たちの元気な姿を見ていると、こころも晴れる。八十歳を目前にして、息子に先立たれた。今までに無い疲れを感じるようになったが、自分自身に負けたくはない。生きている限りは、子供の頃より好きだった映画や音楽など、日々こころ震わせながら生きてゆくつもりだ。

妻は若い頃から保高一夫様が編集・発行する「地下水」に入会して、詩を書いていた。私も退職後、参加させていただいた。多くの方との触れ合いを通じて、精進してゆきたいと思っている。

出版にあたり、土曜美術社出版販売社主の高木祐子様には、細やかなお心遣いいただきました。厚くお礼申し上げます。また、素晴らしい装幀をしていただきました高島鯉水子様、ありがとうございました。

二〇二四年三月十五日

森川芳州

著者詩歴

森川芳州（もりかわ・よしくに）

一九四四年三月　横浜に生まれる。

二〇一五年一月　横浜詩好会「地下水」に入会

二〇一九年三月　「カンナ」でＮＰＯ法人日本詩歌句協会第十三回中部大会優秀賞受賞

二〇二〇年三月　詩集『お母さんと呼ばせて』（土曜美術社出版販売）出版

二〇二一年四月　「横浜詩人会」に入会

二〇二二年三月　詩集『乳飲み子のうた』（土曜美術社出版販売）出版

二〇二三年三月　詩集『お母さんと呼んでみる』（電子書籍版、22世紀アート）出版

二〇二三年四月　「日本詩人クラブ」に入会

二〇二三年九月　「名古屋芸術祭（和楽２０２３）」に出展

現住所　〒２３９―０８４４　神奈川県横須賀市岩戸２―８―12

詩集　泣（な）いて笑（わら）って幼子（おさなご）よ

発行　二〇二四年三月十五日

著者　森川芳州
装幀　高島鯉水子
発行者　高木祐子
発行所　土曜美術社出版販売
〒162-0813　東京都新宿区東五軒町三—一〇
電話　〇三—五二二九—〇七三〇
FAX　〇三—五二二九—〇七三二
振替　〇〇一六〇—九—七五六九〇九

印刷・製本　モリモト印刷

ISBN978-4-8120-2819-3　C0092